迷宮谷
寶藏島
金平島
驚慌島
太陽島
N
海盜森林

怪傑佐羅力之海盜尋寶記

文·圖 **原裕** 譯 葉韋利

佐羅力大師在《魔法師的弟子》這本書裡，得到了一根魔法杖，還有三個魔法可以用呢！
雖然這集的故事非常有趣，不過，如果你先看完《魔法師的弟子》之後，再看這一集……
會覺得更加、更加的好玩喔。嘻嘻呵呵。
怪傑佐羅力之

海邊傳來了一陣陣的歌聲。原來是佐羅力、伊豬豬和魯豬豬三人在唱歌。他們很開心得到了一根可以實現三個願望的魔法杖。

真想用魔法變出麻糬、小點心，
吃到肚子飽飽的。
可是為了佐羅力大師，我們願意忍耐、
挨餓，要謹慎使用這三個願望。
嘿吼！嘿吼！嘿嘿吼！
嘿吼！嘿吼！嘿嘿吼！

媽媽，請等著看吧，
我就要美夢成真了。
只要拿起魔法杖輕輕揮一下，
就會出現一座佐羅力城堡，
我就會在不知不覺間成了王子。
啊，太好了，太好了！

一行人開心歌唱時，突然聽到海的另一邊，傳來痛苦的求救聲。

「咳吼咳吼，救命哪——！咕嚕咕嚕。」

海裡居然有一隻獅子溺水了！
善良的魯豬豬看到這個情況，
一時忍不住，
啪唰
啪唰
咳啵咳啵
啊噗啊噗
咳啵咳啵
魔法變變！
希望那隻獅子可以得救——!!
他抓著手上的魔法杖
猛力一揮……
欸、欸！
不要！

珍貴的魔法，就這樣浪費掉了一個。
咻～咻
嚓啪
哎呀——！
可以實現的魔法現在只剩下兩個了啦。
真可惜耶，可惡！
吐～～

獲救的獅子痛苦的說：

「謝謝你們啊！說起來真……真是不好意思。我是海盜船的船長，可是我不會游泳，覺得很丟臉。所以才瞞著我那群手下，自己一個人偷偷練習游泳。不過，好像有人把我的救生圈刺破了一個洞，害我變得這麼狼狽。真……真可惡，咳咳咳咳……。」

「真的耶。救生圈上有一個星星形狀的破洞。」
「到底是誰搞的鬼呢？」
海盜耶……感覺好酷喔。
給名偵探的貼心小提醒
你也想成為名偵探吧!!
游泳圈上的破洞，
一定會有嫌犯留下的線索，
這是一個非常重要的線索，
要牢牢記住唷!!

獅子海盜接著又說了：

「我看我大概已經沒救了。
有一件事想拜託各位。
能不能把這隻黃金鸚鵡
交給我的兒子巴魯呢？
咳咳。」

從剛才就一直對「海盜」這個字眼感到心動的佐羅力，這時候開口了。

「把當上海盜列為惡作劇修練的項目之一，好像也不賴嘛。喂，獅子，如果我們幫你把這隻鸚鵡交給你兒子，你可以讓我們加入海盜團，成為海盜嗎？」

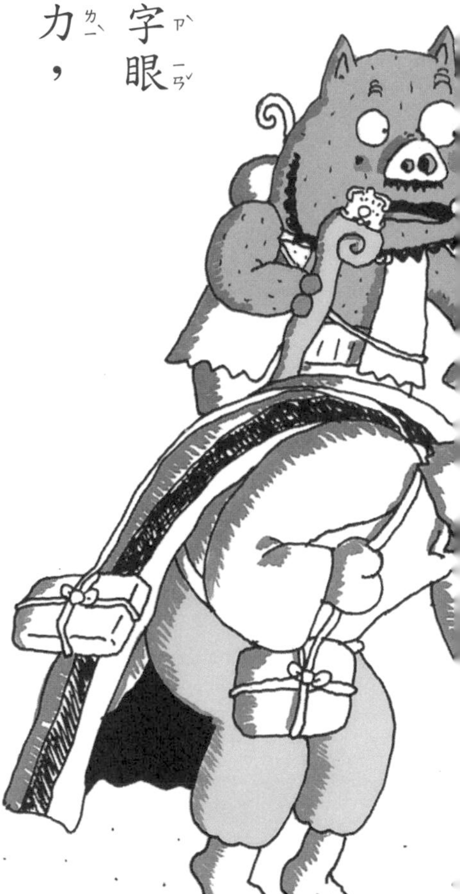

「當……當然可以。這隻鸚鵡會把這一切告訴我兒子的。」

「那好吧。就包在大爺我身上。對了，你們海盜躲藏的祕密基地在哪裡呢？」

「就……就在那處高崖，後面的……森林裡……嗚嗚。」

海盜用盡最後一口力氣後，倒了下來。

佐羅力嘻嘻呵呵的，笑得賊兮兮，在心裡

暗自盤算：「等大爺我當上了海盜之後，
就把他們蒐集的寶藏全部搶過來。
然後用那些金銀珠寶打造佐羅力
城堡二號，這麼一來，
剛剛用掉的魔法，就不算
白白浪費嘍。嘻嘻呵呵。」

「走吧，伊豬豬、
魯豬豬，我們朝海盜
躲藏的祕密基地出發！」

佐羅力三人走向高崖後方的森林，
他們一踏進森林裡，
立刻被一群海盜團團包圍。
喂！你們要做什麼？
呃，那個，溺水的船……船長，拜託我們來，把這……這隻黃金鸚鵡交給巴魯先生。

什麼！鬼鬼祟祟的傢伙。一定是你們殺了船長，然後偷走他的黃金鸚鵡吧。
沒錯，沒錯。就把這幾個傢伙剁成肉醬，做成漢堡吧。
一群海盜殺氣騰騰的，同時抽出身上的刀子和斧頭。

「請大家等一下。」
一個小孩子從森林裡走了出來，
他就是小海盜巴魯。
「我爸爸究竟發生了什麼事，
這隻鸚鵡應該全都知道。」

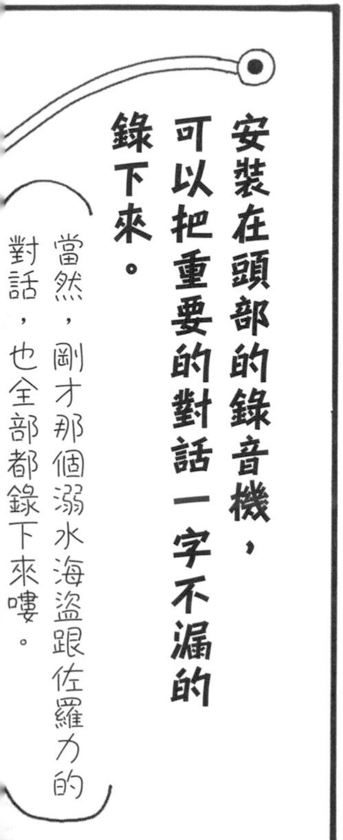
安裝在頭部的錄音機，可以把重要的對話一字不漏的錄下來。
當然，剛才那個溺水海盜跟佐羅力的對話，也全部都錄下來嘍。

看吧。
遊戲操縱器
巴魯

受獅子海盜託付的

黃金鸚鵡的祕密

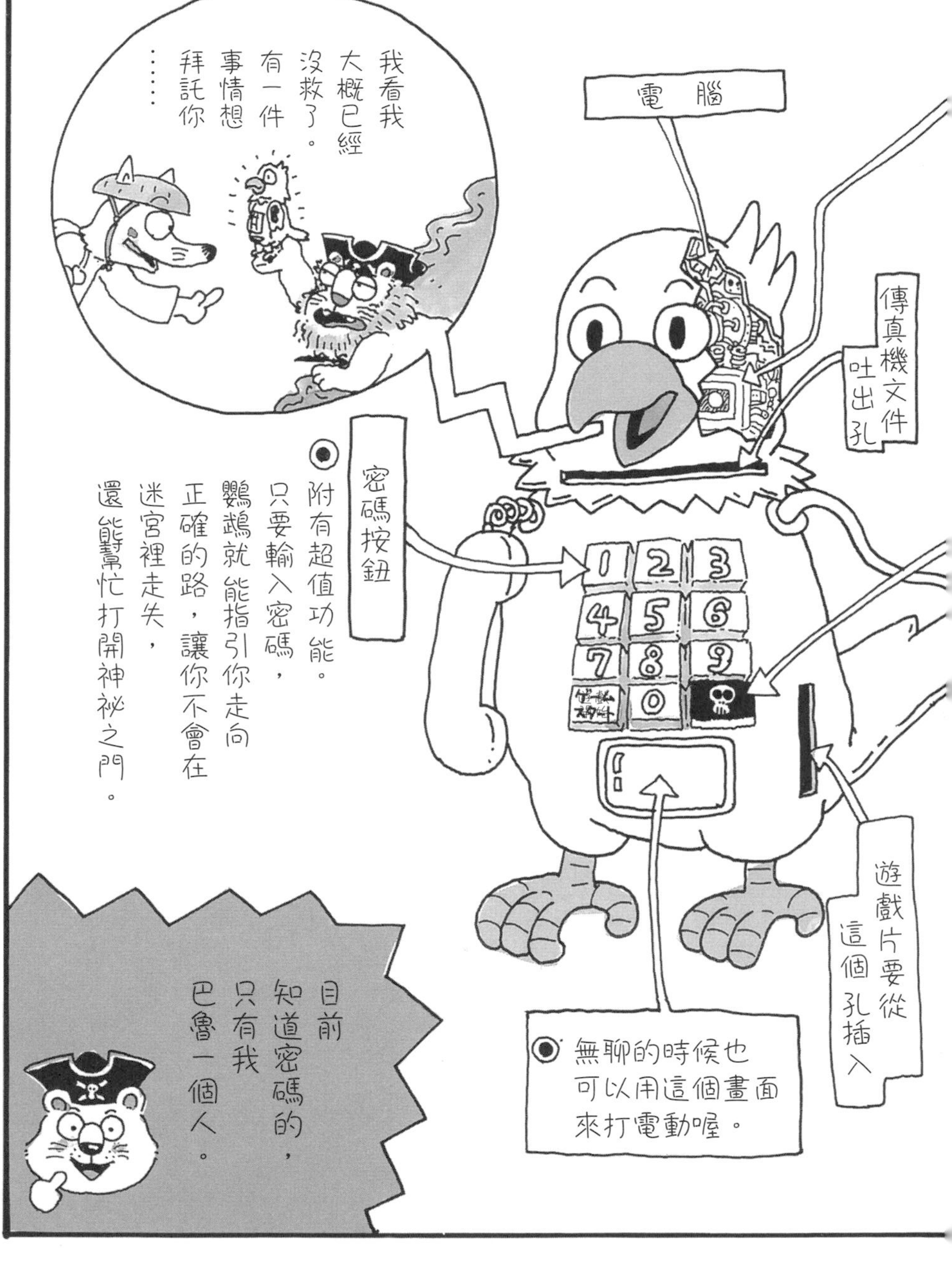

多虧有了鸚鵡的幫忙，
才讓佐羅力一行人重獲清白。
「嗚嗚，是誰害死了我爸爸，
我好傷心哪。可惡。
對……對了。爸爸說過，
如果他死掉，
就按下這個骷髏頭按鍵。」
巴魯說完，
就按下鸚鵡身上的按鍵……

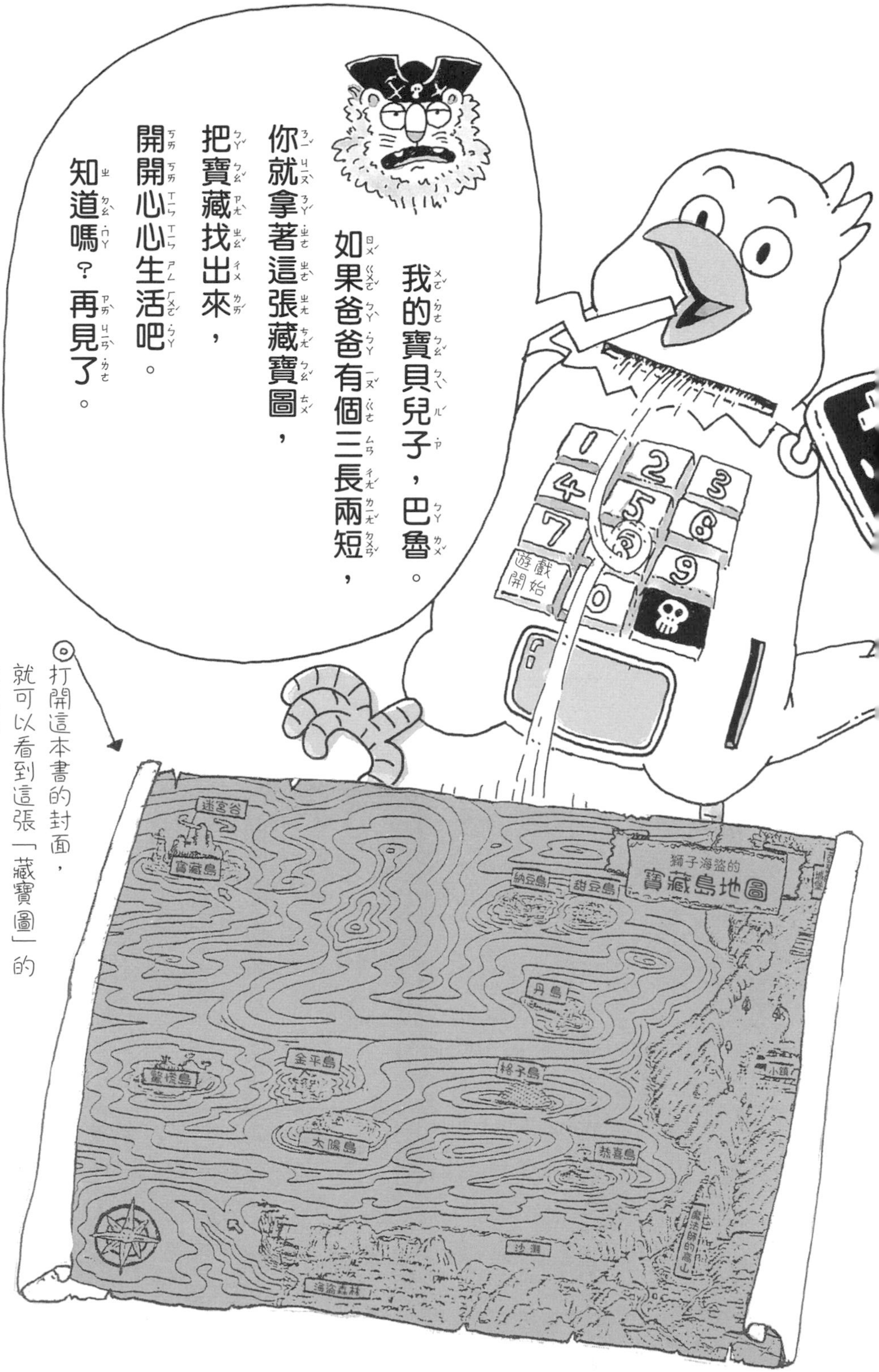

打開這本書的封面，就可以看到這張「藏寶圖」的放大版。

鸚鵡從喉嚨裡吐出一份藏寶圖，
佐羅力一看到藏寶圖，
突然精神都來了。

「小弟弟，你真可憐哪。
我也要當個海盜，
幫你把寶藏找出來，
然後一起替你爸爸報仇吧。」

「謝謝你。佐羅力先生
真是個好人。」

老虎海盜聽了這番話之後說：
「哼，巴魯少爺身邊已經有個最得力的手下，那就是老虎大爺我。
佐羅力大人，我看啊，你就自己多保重，小心別暈船哪。
吼哈哈哈哈。」

那隻老虎真是個討人厭的傢伙。不如用這根魔法杖，把他變成青蛙吧。
大笨蛋。難道你又要白白浪費魔法嗎！這根魔法杖還是交給大爺我來保管吧。
搶

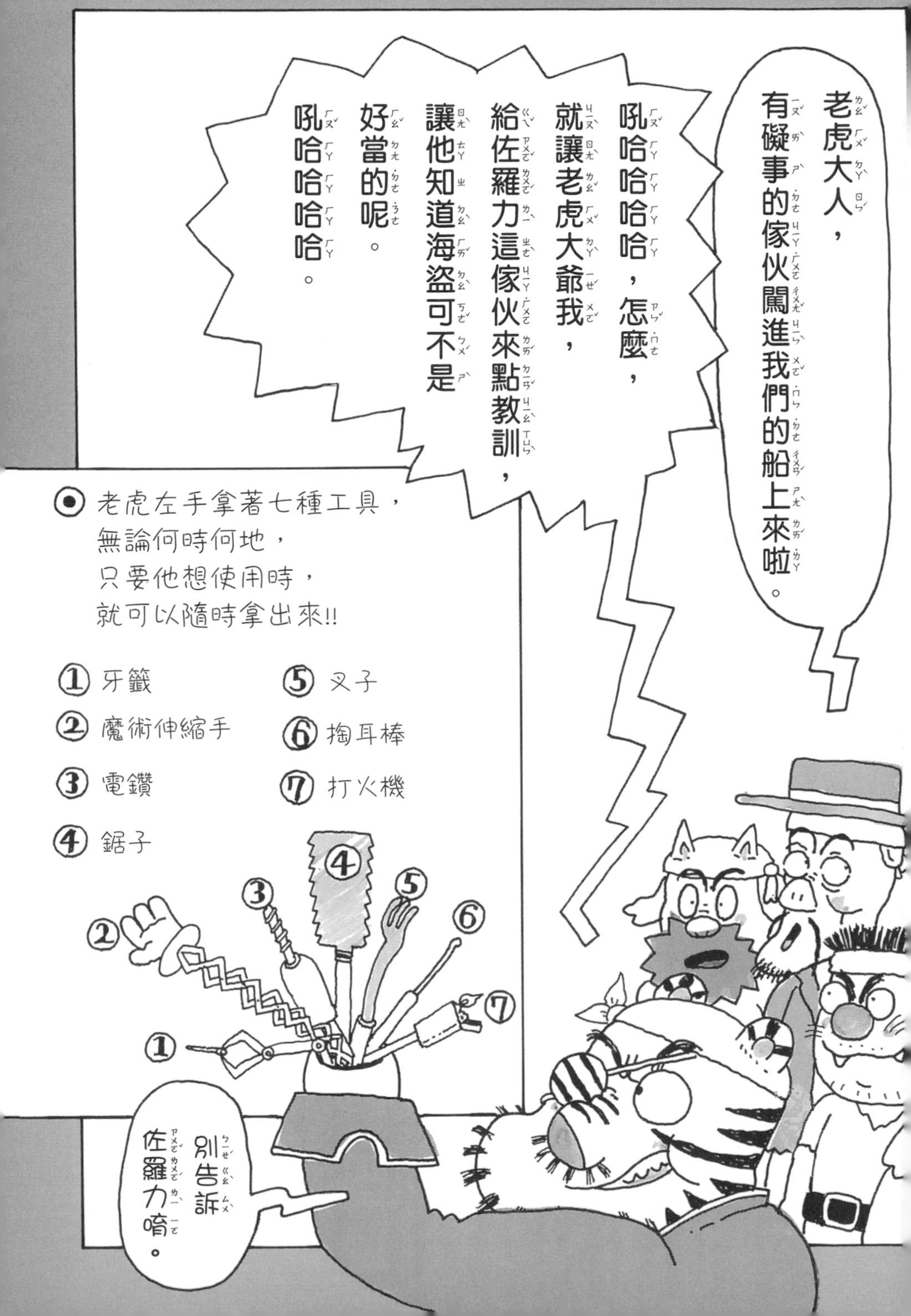

老虎大人，有礙事的傢伙闖進我們的船上來啦。
吼哈哈哈哈，怎麼，就讓老虎大爺我，給佐羅力這傢伙來點教訓，讓他知道海盜可不是好當的呢。吼哈哈哈哈哈。
老虎左手拿著七種工具，無論何時何地，只要他想使用時，就可以隨時拿出來!!
① 牙籤
② 魔術伸縮手
③ 電鑽
④ 鋸子
⑤ 叉子
⑥ 掏耳棒
⑦ 打火機
別告訴佐羅力唷。

辦完船長的喪事之後，海盜船就繼續出航了。
佐羅力大人，您的房間在這裡，請好好休息。
好猛的海浪呀。唉呀，我已經頭昏腦脹啦～～～

對了，有樣東西一定要讓佐羅力大人看看。請跟我到這邊來……。
唉呀，我覺得真不舒服，先讓我躺著休息一下。
是什麼呢？

佐羅力跟著老虎海盜來到甲板上。

「就是這裡。

我們通常都從這裡把人質推下海。

身為惡作劇之王的佐羅力大人，您應該對這個東西很感興趣吧。」

「嗯嗯，不過啊，這看起來也不怎麼可怕嘛。」

「別說得太早，總之呢，您先站上這塊木板看看吧。」

看到老虎這麼誠意的推薦，佐羅力就試著爬上木板。結果……

海面上有隻鯊魚，正張開血盆大口，露出尖牙，等待好時機。
裂～開
原……原來如此。這倒是挺嚇人的。

哎呀呀，這塊木板已經好久沒用了，看起來好像有點腐爛耶。
吱嘰吱嘰
什……什麼！
喂，不……不會吧！

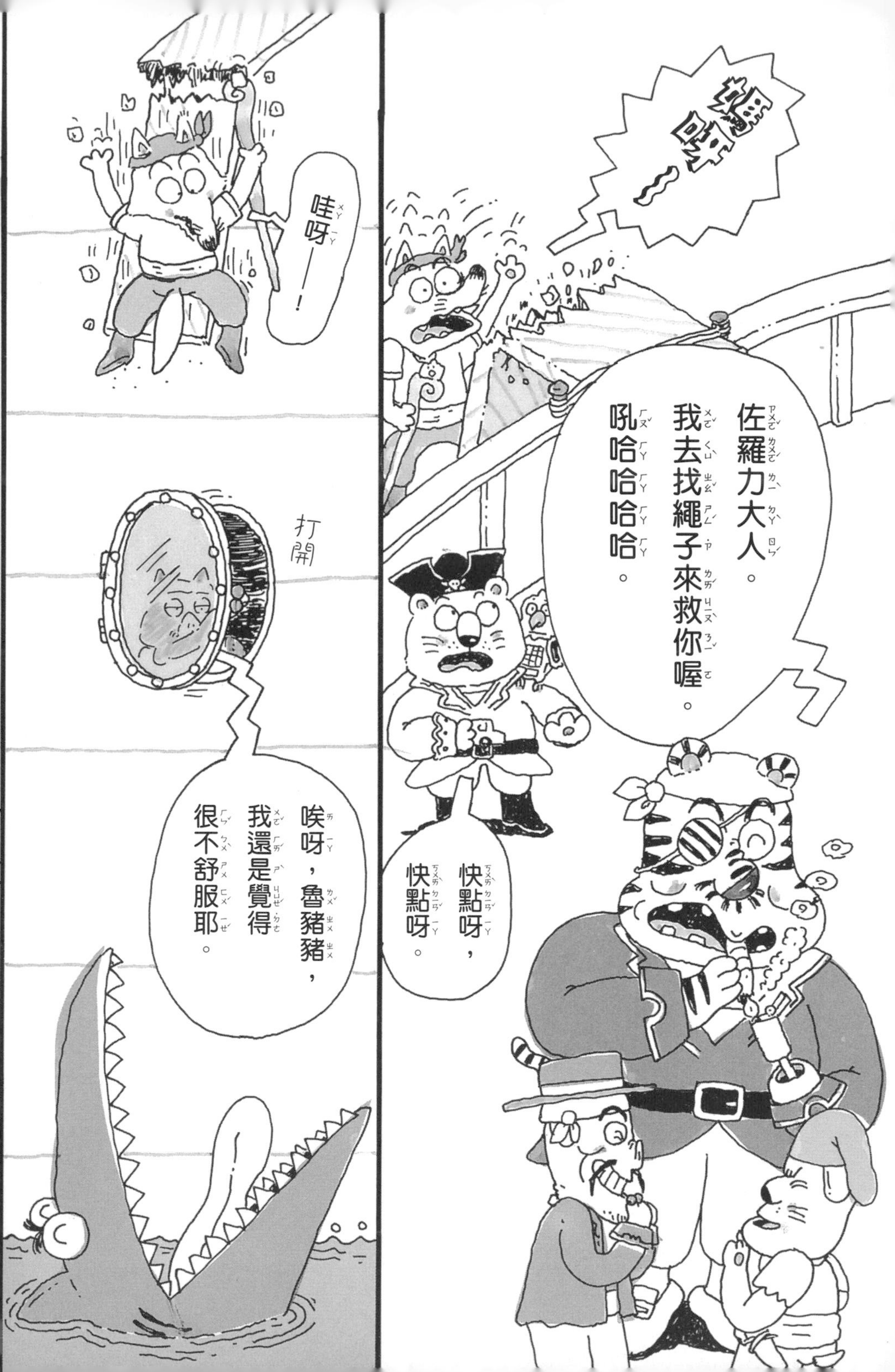

嗚呼～
佐羅力大人。
我去找繩子來救你喔。
吼哈哈哈哈。
快點呀，
快點呀。
哇呀——！
打開
唉呀，魯豬豬，
我還是覺得
很不舒服耶。

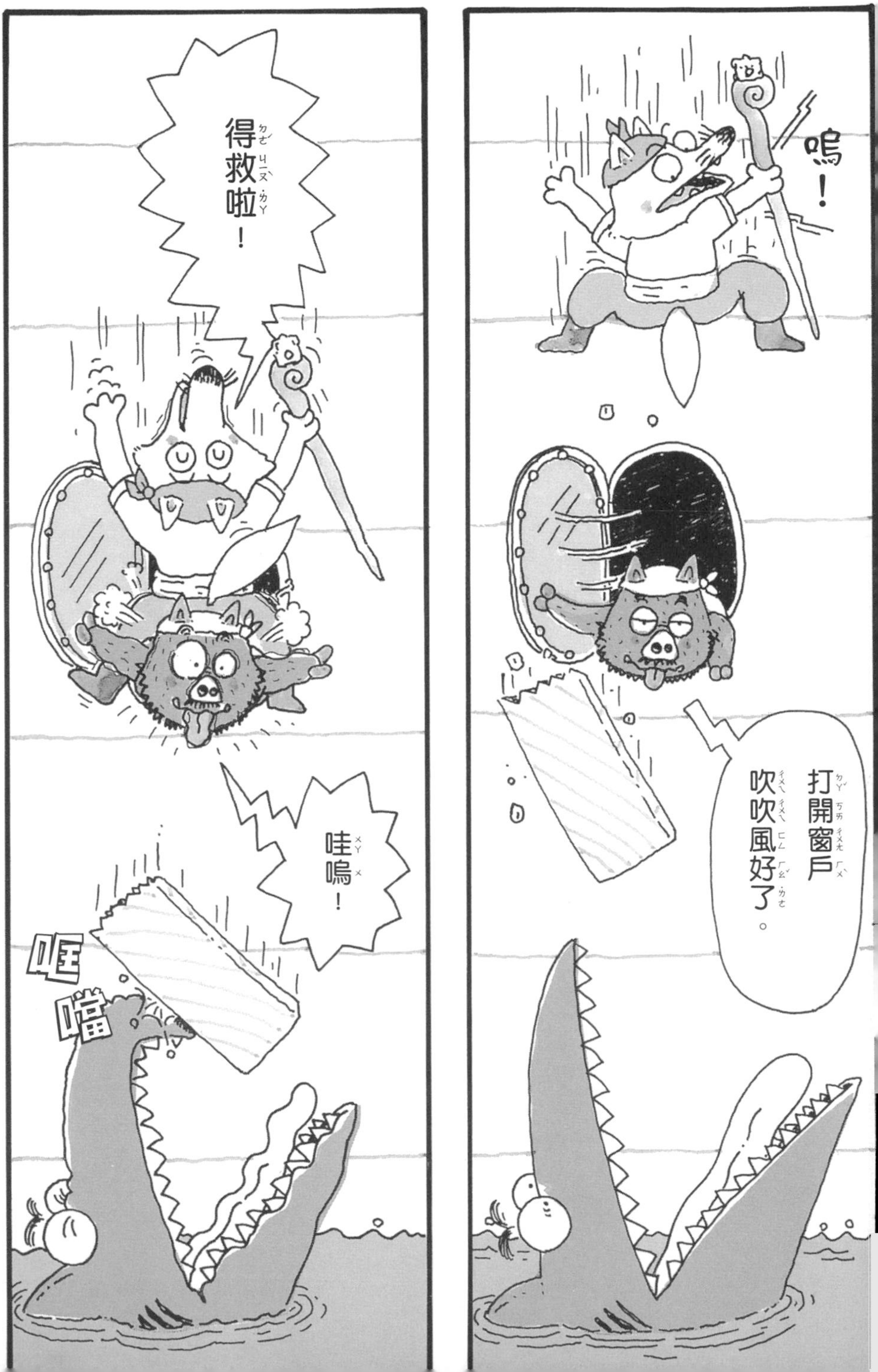

嗚！
打開窗戶吹吹風好了。
得救啦！
哇嗚！
哐噹

「呼呼。多虧有伊豬豬，讓我撿回一條命。」

「咦？佐羅力大師，
那邊是窗戶耶。
要回房間的話，
怎麼不好好的從
房門走進來呢？」
魯豬豬提醒佐羅力。
就在這個時候。佐羅力的房門
突然被用力打開……

大事不妙啦！佐羅力大人被鯊魚吃、掉、了，唔……差一點。
砰
哇！太厲害了。佐羅力先生是不會死的人耶——。

你這傢伙，太過分了吧！大爺我只差一點點，就要死翹翹了耶。

第二天，佐羅力三人受到海盜們的委託，到桅杆上偵查狀況。

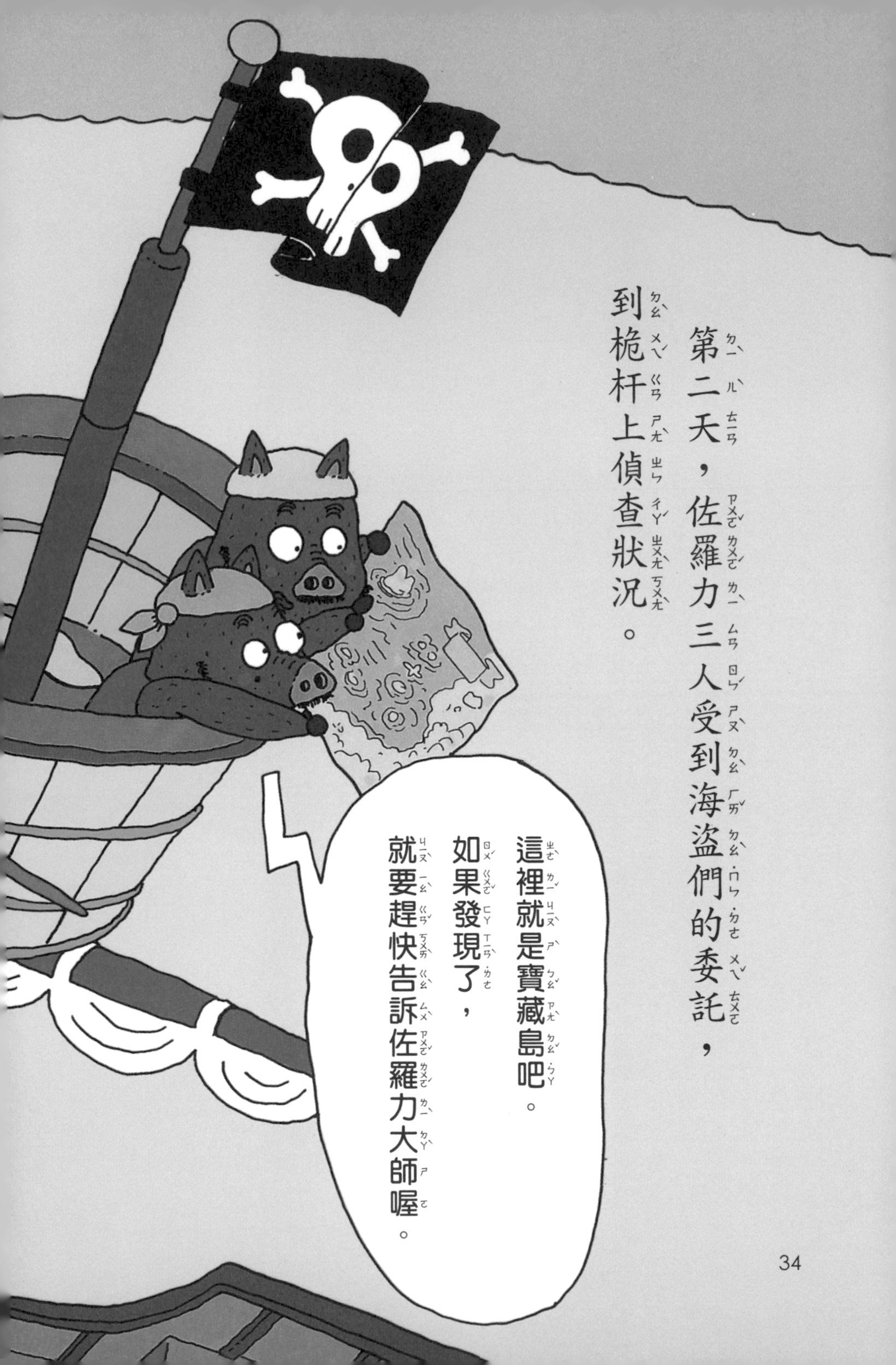
這裡就是寶藏島吧。如果發現了，就要趕快告訴佐羅力大師喔。

真討厭。那隻肚子餓扁的鯊魚，還在船邊游來游去耶。
嘰嘎嘰嘎

就在這個時候，瞭望臺下方傳來一陣怪聲音，嘰嘎嘰嘎響個不停。

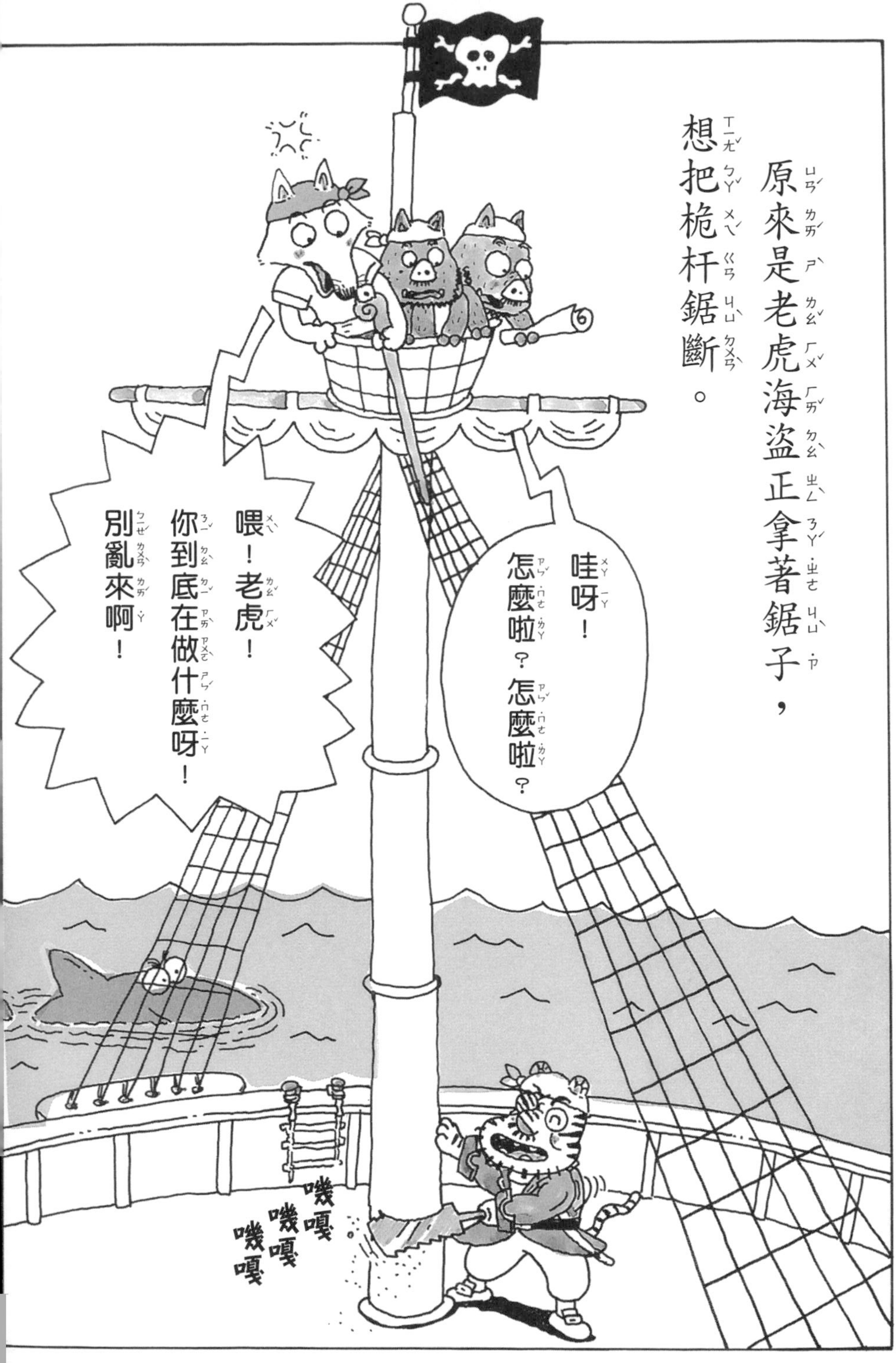

原來是老虎海盜正拿著鋸子，想把桅杆鋸斷。
哇呀！怎麼啦？怎麼啦？
喂！老虎！你到底在做什麼呀！別亂來啊！
嘰嘎
嘰嘎
嘰嘎

「你問我在做什麼？吼哈哈哈哈！我要把你們這幾個礙事鬼，送給鯊魚當點心呀。」

躂躂躂
喂！老虎。剛才我聽到了很大的聲響，是發生什麼事啦？

佐羅力三人頭下腳上，
連同瞭望臺一起掉進
鯊魚張大的嘴巴裡。

他們三個人，
難道就這樣落入地獄了嗎？

哇呀！
這次死定啦！

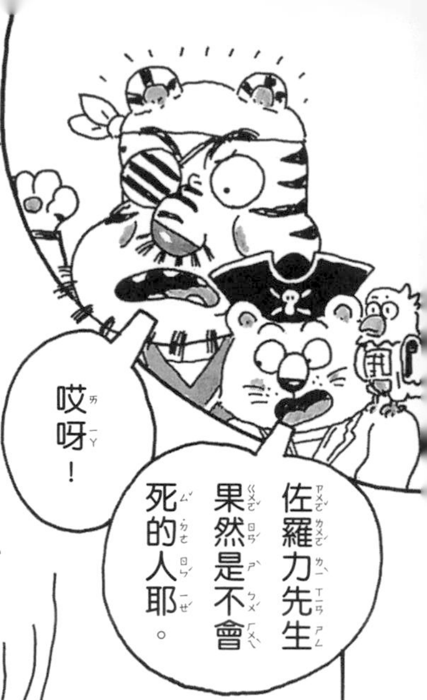

不！佐羅力他們可是本書的主角呢。才不會這麼簡單就死翹翹的。看吧，他們一定會沒事的。

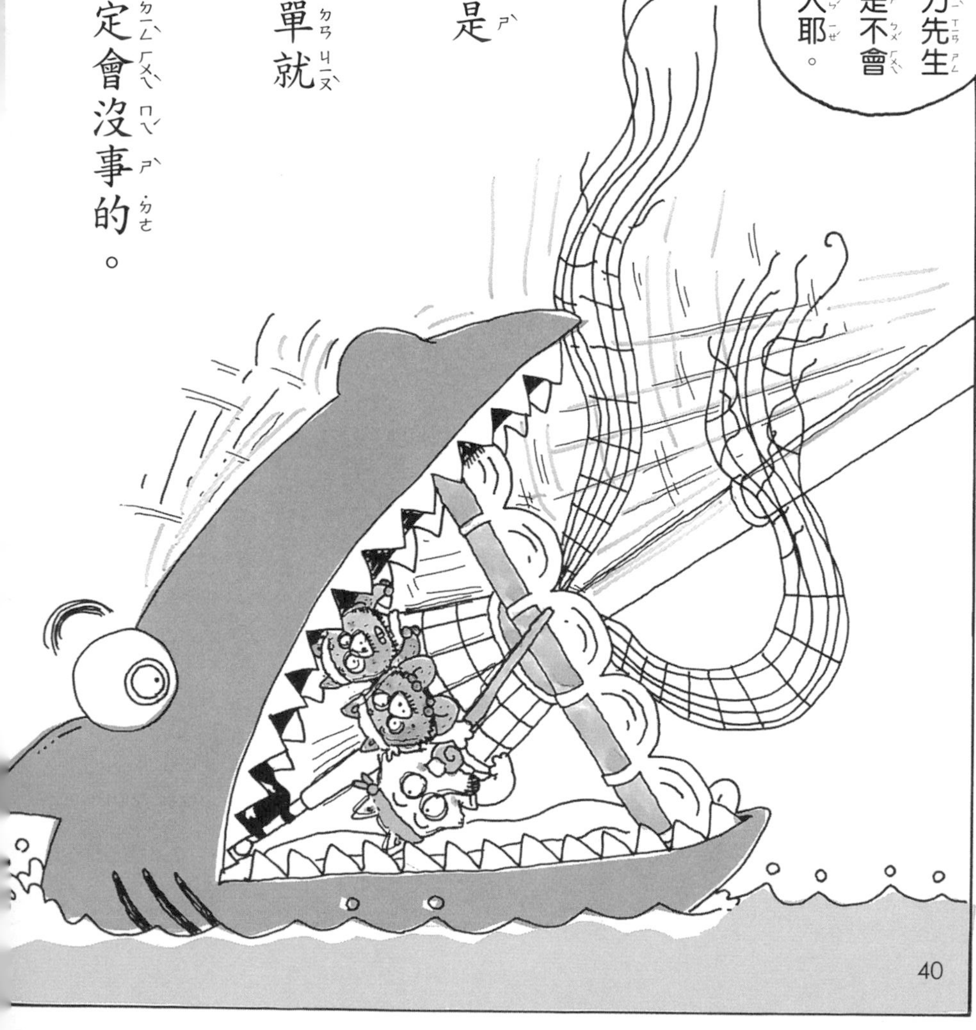

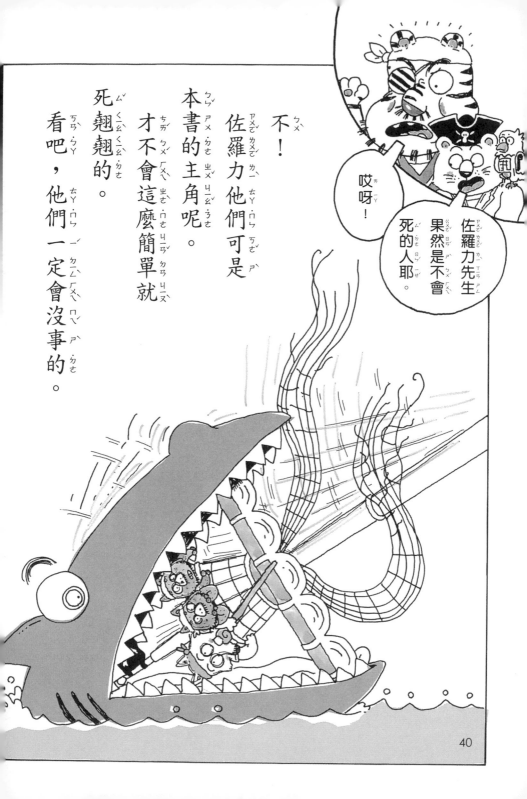

佐羅力沿著船外的繩梯
往上爬——

——他俐落的轉身跳到甲板上。

「老虎，我從昨天就覺得不太對勁，
你是想一個人獨吞那些寶藏吧？
是不是？」

「你……你胡說什麼，
那……那你自己又怎樣呢？
一心想當惡作劇之王的佐羅力，
會默默幫助一個海盜小孩嗎？
我才不相信。」

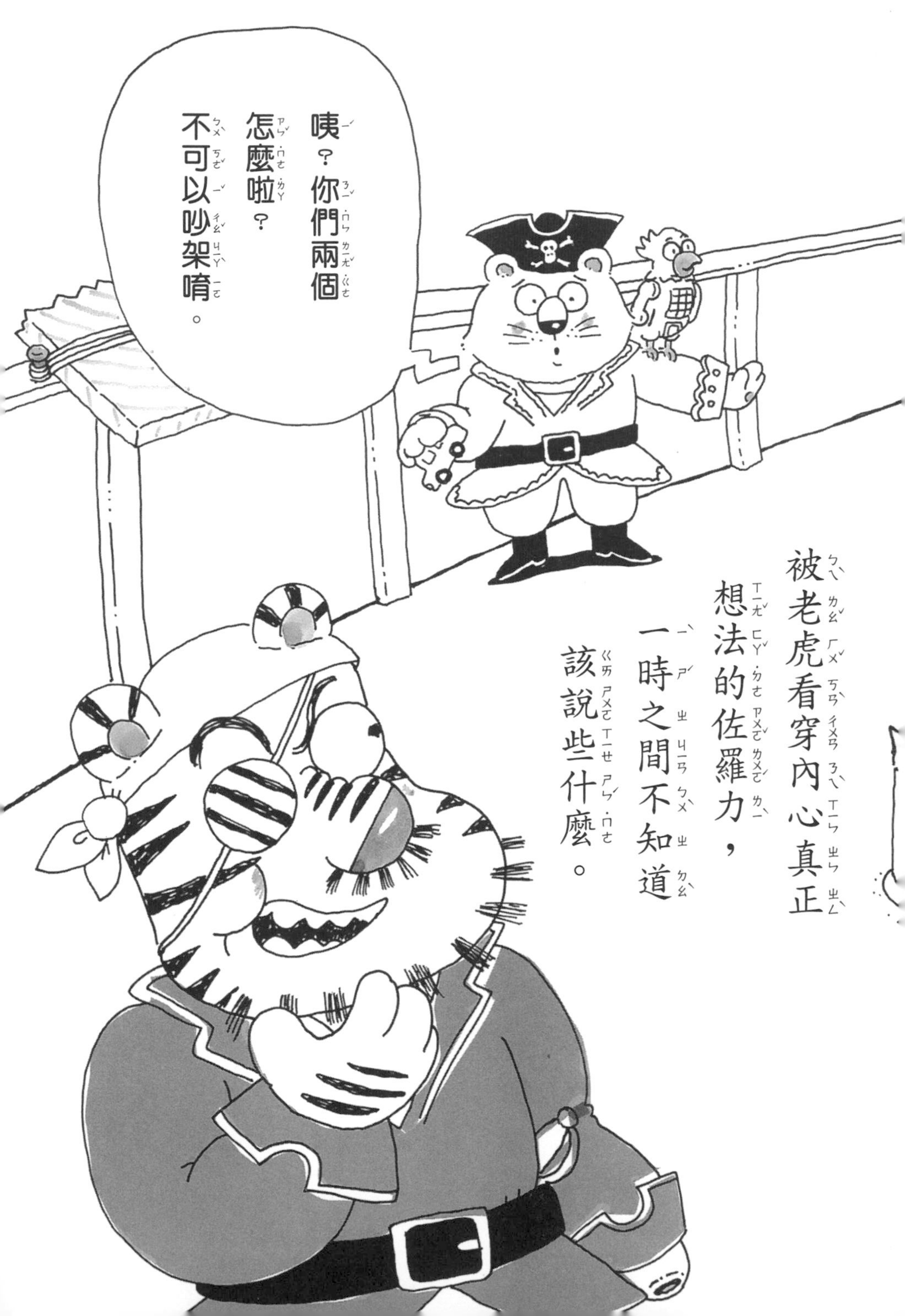
咦？你們兩個怎麼啦？不可以吵架唷。

被老虎看穿內心真正想法的佐羅力，一時之間不知道該說些什麼。

「嘿嘿，事到如今也沒別的辦法啦。

雖然得浪費一次魔法，我現在就

用這根魔法杖把你變成麻糬，吃進我的肚子裡吧。」

「你在說什麼夢話啊，佐羅力。就憑你那一根爛柺杖，能變出什麼把戲呢？吼哈哈哈哈。」

佐羅力聽他這麼說，露出一臉賊賊的笑容，舉起魔法杖揮了起來。

老虎，你真厲害！
你能使用的魔法剩下2次
啊！魔……魔法杖，大爺我的魔法杖啊～

就在這個時候，老虎的左手彈出了魔術伸縮手，輕而易舉的就把佐羅力的魔法杖搶了過去。

佐羅力立刻衝上前，想把魔法杖從老虎手上搶回來。

老虎一派輕鬆的笑著：

「吼哈哈哈哈。」

同時哐啷一聲，把魔法杖丟進大砲的砲管裡。

「看吧，看吧。佐羅力，你心愛的爛枴杖，就在砲管裡面唷。」

失去了魔法杖，佐羅力根本沒有機會能贏得了老虎。

佐羅力匆匆忙忙，想也沒想的就往大砲的砲管裡鑽了進去。

「佐羅力，找到枴杖了沒啊？」

「嗯嗯，找是找到了，不過我的肚子被砲管卡住啦，沒辦法出來。可以幫個忙，把我拉出來嗎？」

「好啊，好啊，沒問題，我馬上救你出來喔。」

老虎把砲管轉向，面對著大海。然後拿出打火機，點燃導火線。

轟隆！！
一瞬間，緊緊握著魔法杖的
佐羅力，
被大砲轟上天空。

更慘的是，佐羅力的運氣實在太差了，他飛出去的方向剛好有一隻鯨魚，正張大了嘴巴打呵欠。

張開大口，直接吞掉！

就這樣，

佐羅力直接被大鯨魚

吞進肚子裡。

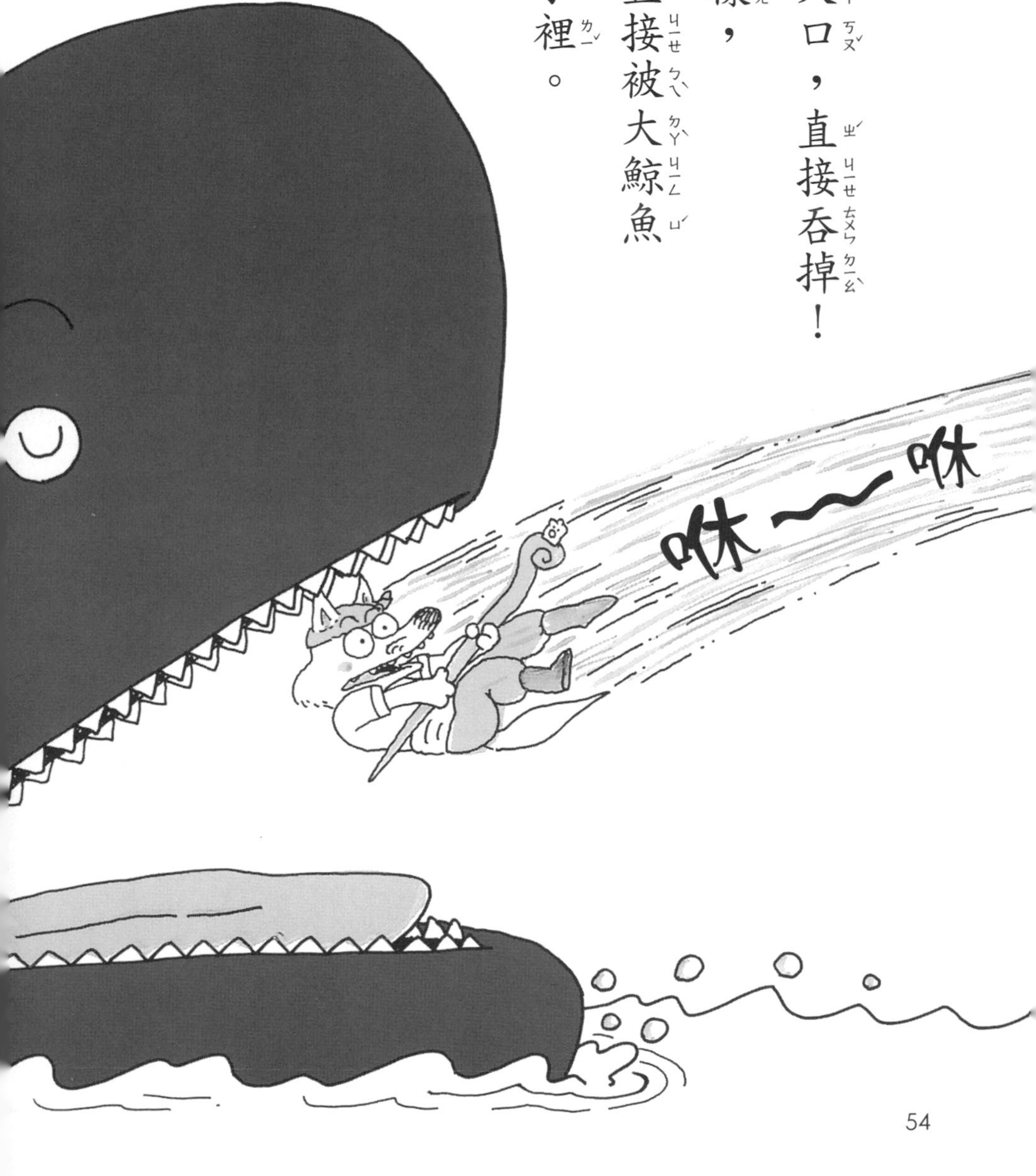

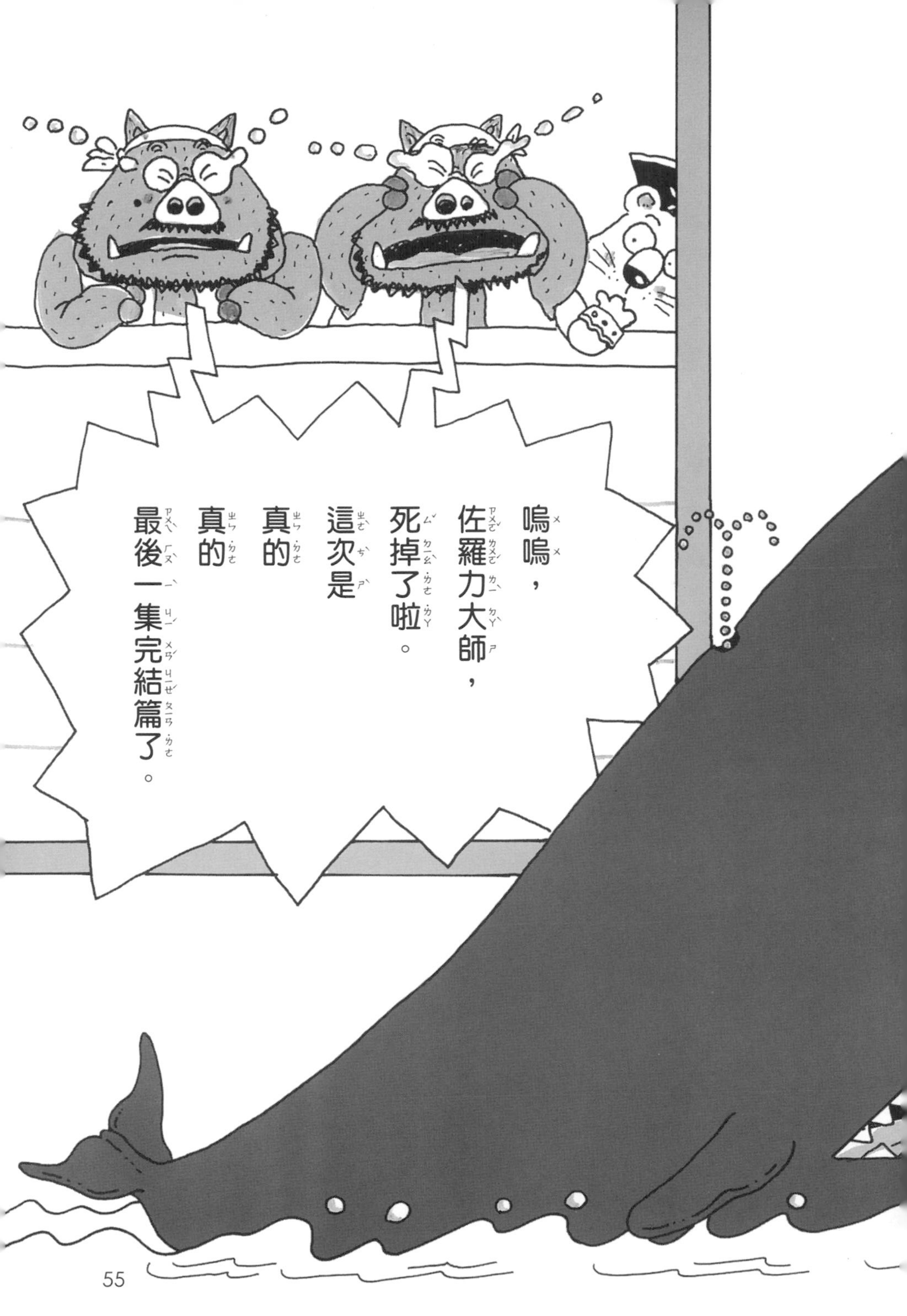
嗚嗚，佐羅力大師，死掉了啦。這次是真的真的最後一集完結篇了。

「只會哭，有什麼用？
伊豬豬，魯豬豬，
你們兩個也是礙事的傢伙。
來吧，就讓我動手，
在你們兩個的腦袋上
鑽個洞吧。」
老虎海盜從手中
伸出電鑽，

發出嘰哩嘰哩的可怕聲響。

伊豬豬和魯豬豬嚇得雙腿發軟，攤坐在地上。害老虎的電鑽沒瞄準，硬生生鑽進桅杆裡。

老虎連忙拔出電鑽，
桅杆上竟然留下一個
「星星形狀的破洞」。

「啊，這個形狀的洞好像在哪裡看過啊!!」

各位聰明的讀者，你發現了嗎？

「呵呵呵，一點都沒錯。在船長救生圈上鑽洞的人，就是老虎大爺我。我實在太想趕快當上這艘船的船長啊。吼哈哈哈哈。」

聽到這番話，巴魯連他最喜歡的玩具小汽車都扔掉，放聲大哭了起來。伊豬豬和魯豬豬也不知道該說什麼來安慰他。

就在這個時候，負責放哨的海盜突然大聲高喊。

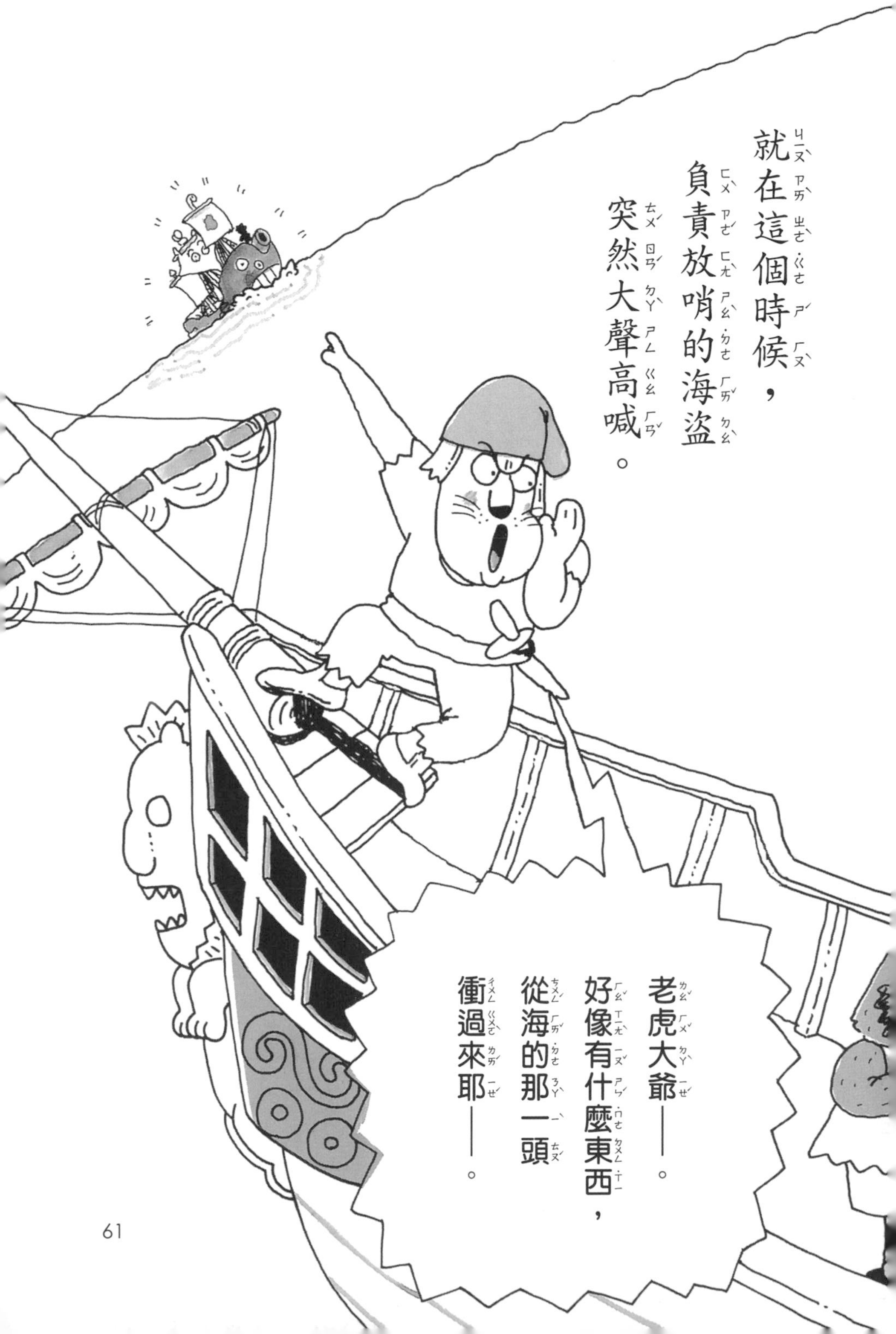
老虎大爺——。
好像有什麼東西，從海的那一頭衝過來耶——。

是鯨魚嗎？
還是伊莉莎白二世號呢？
不對，都不是。
是一艘很大的海盜船。
而且，船上的帆，
居然還有一個
佐羅力的標誌。

「啊！那個是，
佐羅力大師呀!!」

伊豬豬開心得不得了。
「佐羅力大師還活著。
巴魯小弟弟，你放心吧，
佐羅力大師一定會幫你
報殺父之仇唷。」
魯豬豬的雙眼流下
高興的眼淚。

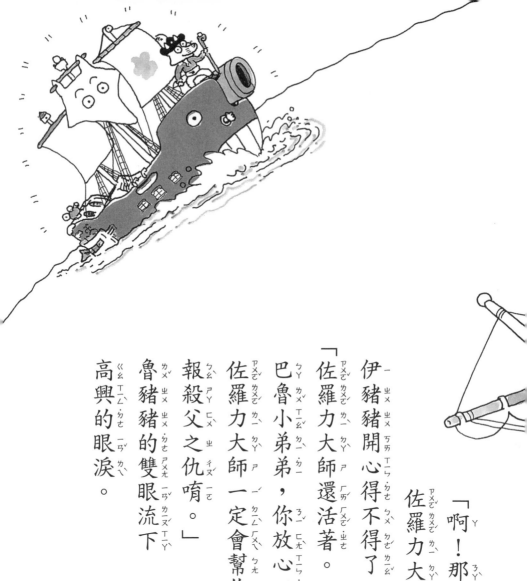

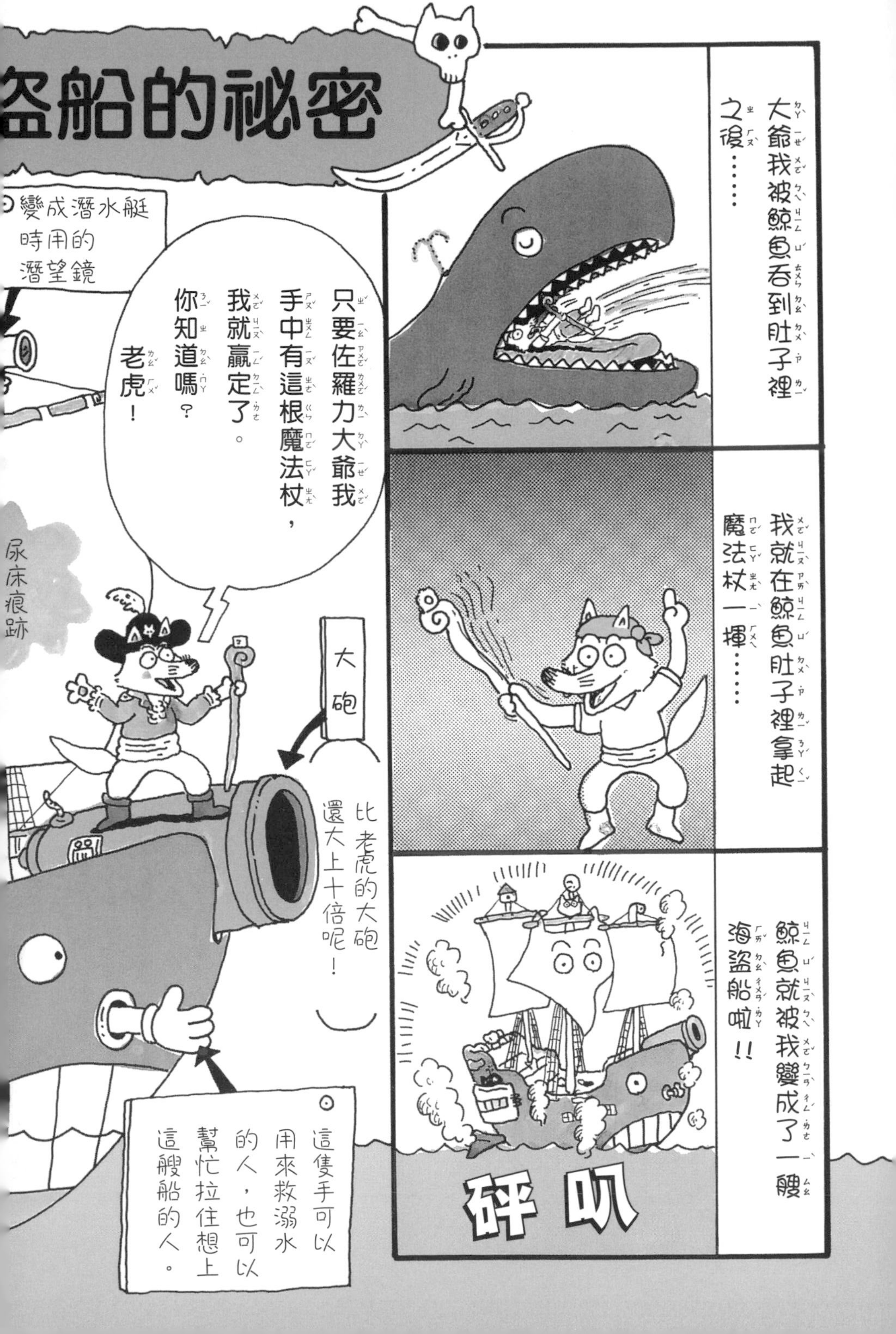
盜船的祕密
大爺我被鯨魚吞到肚子裡之後……
我就在鯨魚肚子裡拿起魔法杖一揮……
鯨魚就被我變成了一艘海盜船啦!!
砰叭
變成潛水艇時用的潛望鏡
只要佐羅力大爺我手中有這根魔法杖，我就贏定了。你知道嗎？老虎！
尿床痕跡
大砲
比老虎的大砲還大上十倍呢！
這隻手可以用來救溺水的人，也可以幫忙拉住想上這艘船的人。

佐羅力之海
為了讓海鷗能休息，做了一個鳥巢。
其實是想要收集鳥蛋來吃
雷達
如果在海上航行太久、覺得太無聊的時候，可以放電影，投影在這張「帆」上喔！
投影機
海鷗蛋
這艘船的肚子裡面有很多個房間。
鯨魚頭上的噴水孔。從這裡可以噴出果汁喔。
蓋子蓋好之後，這艘船就變成潛水艇。
就算沒有風，也可以靠鯨魚尾巴擺動航行。

「嗯哼哼，原來那根爛枴杖，真的是一枝魔法杖啊。」

「嘻嘻呵呵。真可惜呀。被這根超大大砲瞄準的話，保證你粉身碎骨。你最好認命了吧，老虎老弟。好啦，伊豬豬、魯豬豬，把巴魯小弟弟帶到大爺我的船上來吧。」

巴魯小弟弟，別忘了連黃金鸚鵡一起帶過來喔。
伸長 伸長 伸長

好啊！
佐羅力大師，您平安沒事真好。
趁著佐羅力一行人慶幸重逢而感動相擁的時候，老虎海盜又乘機再一次……
真是太好了，佐羅力大師。

我收下嘍～
使出魔術伸縮手，一把搶回魔法杖。
糟糕。太大意了。

吼哈哈哈哈……。
糊里糊塗的臭佐羅力。
我要用這根魔法杖，
變出一個比你們船砲
更大的超級大砲，
然後把你那艘船
擊沉到海底去。
吼哈哈哈哈哈……。
你能使用的魔法剩下1次

老虎抓起魔法杖，
用力一揮，並且
高聲大喊。
快變出一座
超級大、
超級大的
強力大砲!!
啊啊，
輸定了~~

轟
隆
天哪!!
叭
啦
哇喔!

那個大砲實在太大、太重了，結果連海盜船都噗咕噗咕沉到海底。

「佐羅力大師，太好嘍。」

伊豬豬開心的跳起來。

「可惜，先前為了打造佐羅力城堡而留下來的三次魔法，這下子全都浪費掉啦。」

「啊，佐羅力大師，你看。我們的船不知不覺就航到這裡了。前面就是寶藏島呀。」

「對……對呀。大爺我還有一堆寶藏，可以幫助我完成願望呢。」

爸爸，佐羅力先生幫您報仇了喔。

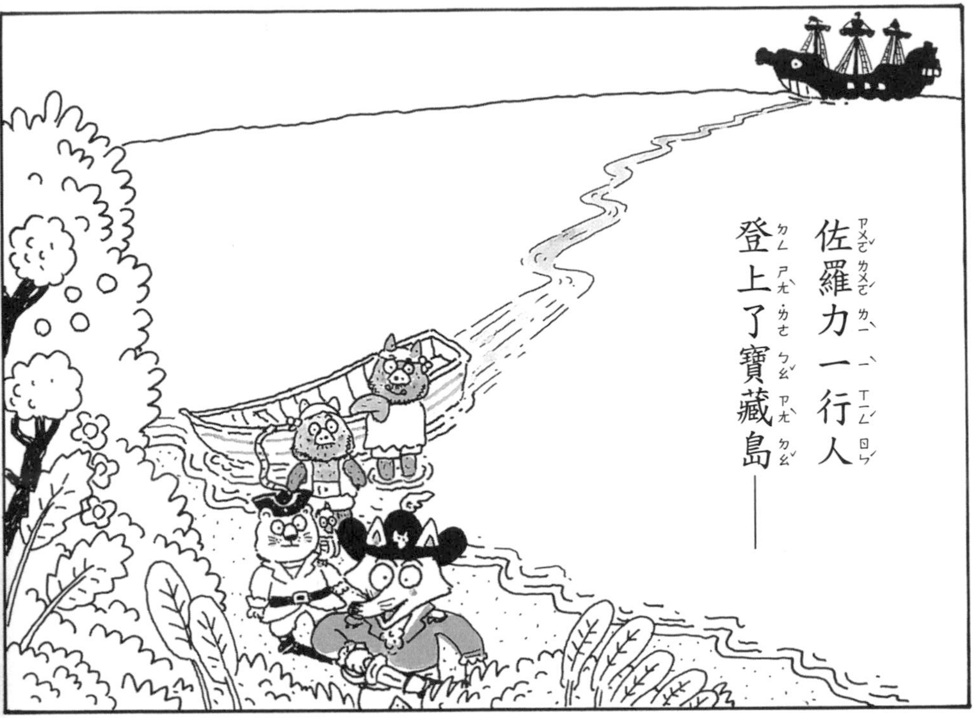
佐羅力一行人
登上了寶藏島——

邊走邊砍掉雜草、
樹木、花朵……

朝著叢林深處
不停的、不停的
前進。
這……
這裡是……？
啊！

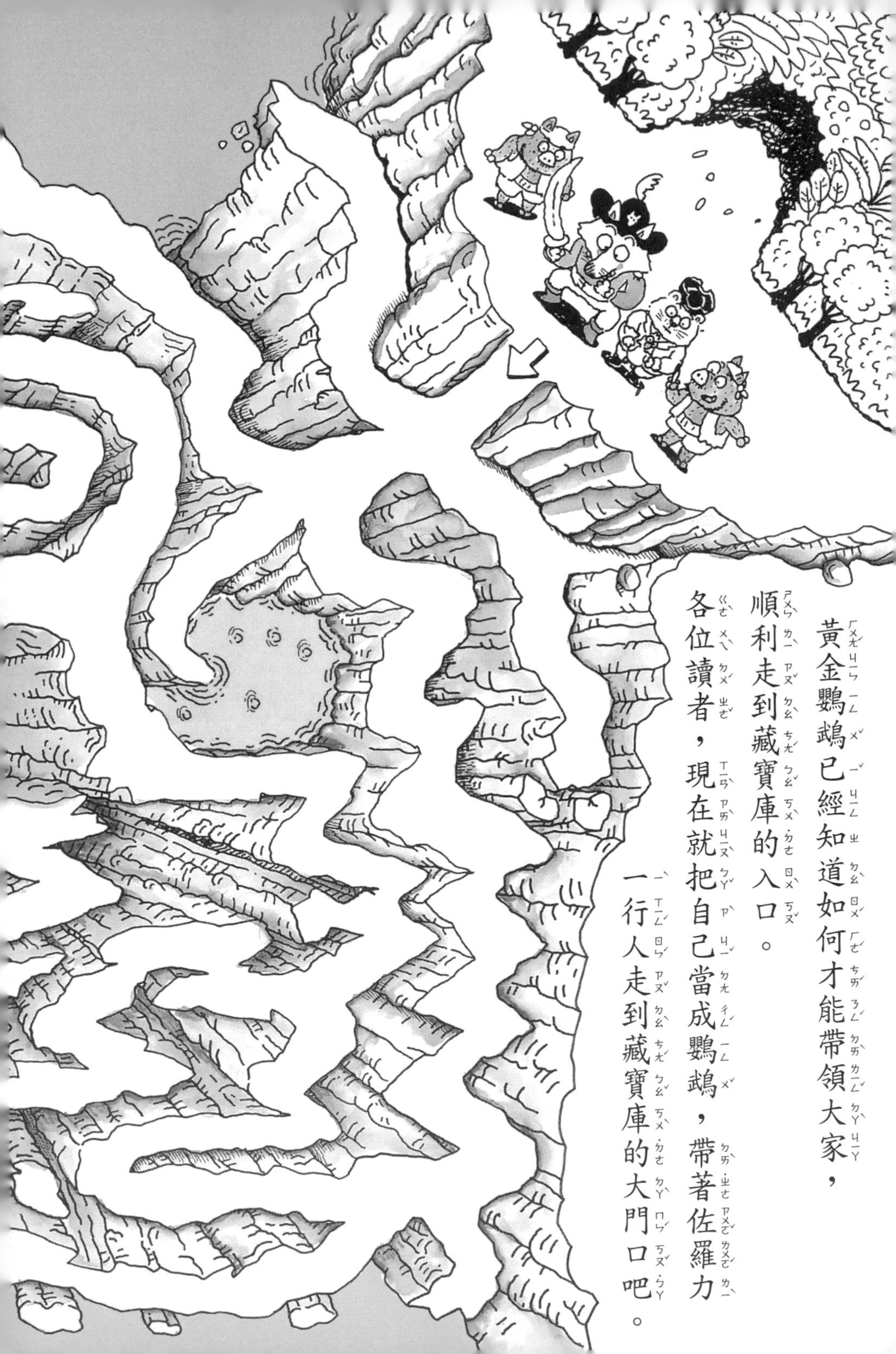

黃金鸚鵡已經知道如何才能帶領大家，
順利走到藏寶庫的入口。
各位讀者，現在就把自己當成鸚鵡，帶著佐羅力
一行人走到藏寶庫的大門口吧。

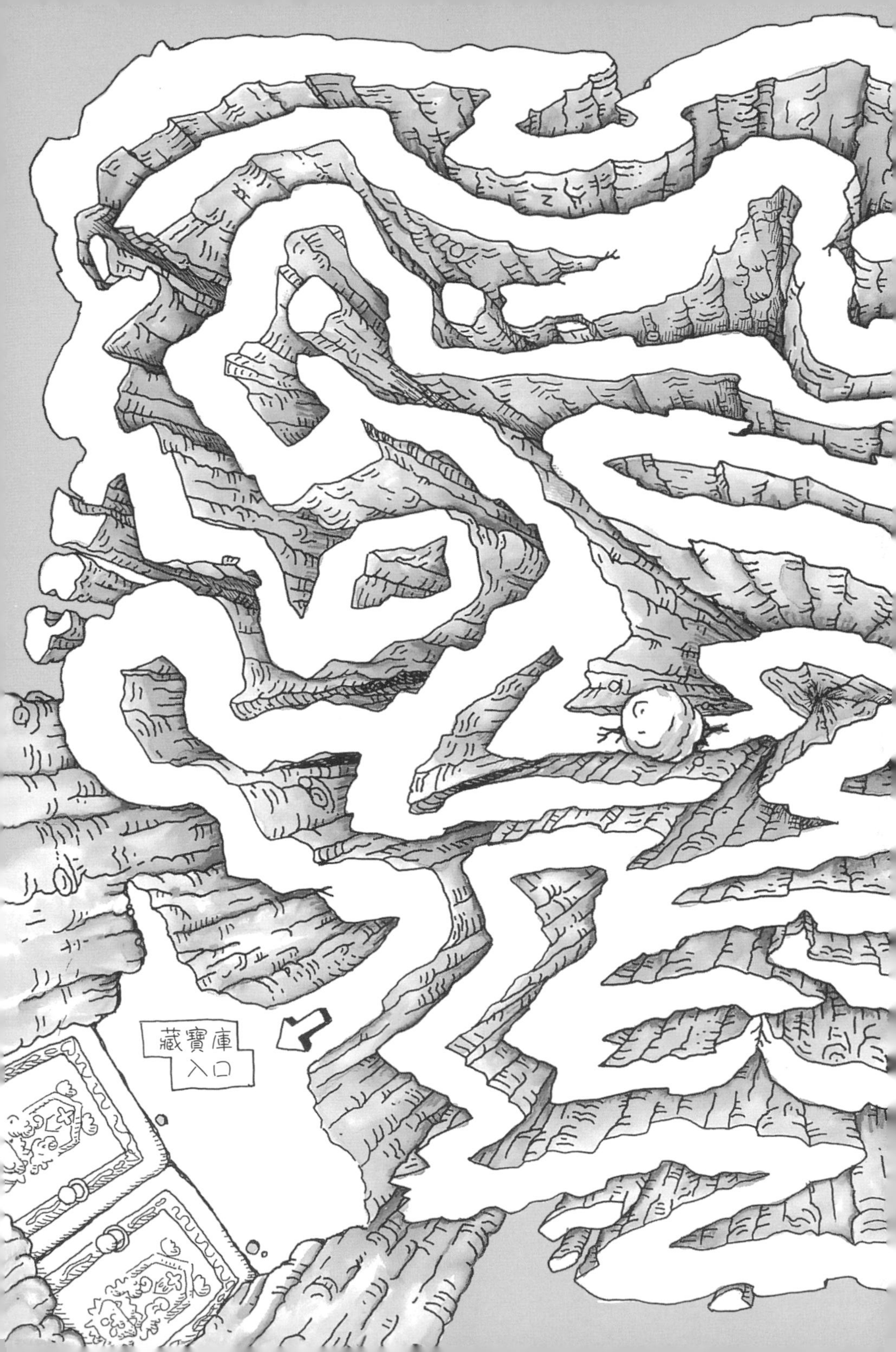
藏寶庫
入口

藏寶庫大門關得緊緊的。
於是，巴魯嗶嗶嗶的按了鸚鵡身上的按鍵，
鸚鵡立刻唸出神祕的咒語。
芝麻開門！芝麻芝麻，
芝麻肚臍快開門——!!

神祕咒語一說完，
大門就發出一陣響亮的聲音，並且慢慢打開了。
然後，展現在大家面前的寶藏，竟然是——

原來，身為海盜的獅子爸爸，為了巴魯小弟弟，拚了老命到處蒐集來各式各樣的玩具車。

到……到底怎麼回事？
這……這些就是寶藏嗎？
超級跑車專區
電池櫃
摩托車專區
迷你汽車
改裝專用工具箱
改裝專用零件
賽車跑道
酷
真帥耶——。

各種工程車
專區
哇啊！爸爸！
謝謝你。
唷呼！
好棒喔。
可愛小車專區
可愛小車
爆發
特別版
遙控車
RC
急速賽車

伊豬豬和魯豬豬各拿了一輛看起來跑很快的小汽車，開心得不得了。

巴魯小弟弟不再當海盜了，他決定開一間專賣小汽車的玩具店。

另一方面，佐羅力失去魔法杖之後，尋寶之夢就消失得無影無蹤，最後只剩下一艘鯨魚海盜船。

為了紀念當上海盜而拍下的
佐羅力肖像照

身為惡作劇天才的佐羅力，才不會在乎這麼一點點的小挫折。他似乎已經開始想著下一個計畫。
我這台小車車跑得比較快耶。
我的也已經改裝過，現在跑得比較快嘍。
你剛剛說「改裝」？太好了，這讓我想到一個好點子。

我就把這艘船改裝成幽靈船，到處去嚇唬別人吧。伊豬豬、魯豬豬，趕快打電話給妖怪學校的老師，請他叫妖怪們集合起來。嘻嘻呵呵……。

作者簡介

原裕 Yutaka Hara

一九五三年出生於日本熊本縣，一九七四年獲得KFS創作比賽「講談社兒童圖書獎」，主要作品有《小小的森林》、《手套火箭的宇宙探險》、《寶貝木屐》、《小噗出門買東西》、《我也能變得和爸爸一樣嗎？》、【輕飄飄的巧克力島】系列、【膽小的鬼怪】系列、【菠菜人】系列、【怪傑佐羅力】系列、【鬼怪尤太】系列、【魔法的禮物】系列等。

譯者簡介

葉韋利 Lica Yeh

一九七四年生。典型水瓶座，隱性左撇子。
現為專職主婦譯者，享受低調悶騷的文字cosplay與平凡充實的敲鍵盤生活。
譯者葉韋利工作筆記：http://licawork.blogspot.com

國家圖書館出版品預行編目資料

怪傑佐羅力之海盜尋寶記
原裕 文、圖；葉韋利 譯 --
第一版. -- 台北市：天下雜誌, 2011.04
92 面；14.9x21公分. --（怪傑佐羅力系列；4）
譯自：かいけつゾロリの大かいぞく
ISBN 978-986-241-286-2（精裝）
861.59　　100004947

怪傑佐羅力系列 04

怪傑佐羅力之海盜尋寶記

作者｜原裕
譯者｜葉韋利
責任編輯｜張文婷
特約編輯｜蔡珮瑤
美術設計｜蕭雅慧

天下雜誌群創辦人｜殷允芃
董事長兼執行長｜何琦瑜
媒體暨產品事業群
總經理｜游玉雪
副總經理｜林彥傑
總編輯｜林欣靜
行銷總監｜林育菁
資深主編｜蔡忠琦
版權主任｜何晨瑋、黃微真

出版者｜親子天下股份有限公司
地址｜台北市104建國北路一段96號4樓
電話｜（02）2509-2800
傳真｜（02）2509-2462
網址｜www.parenting.com.tw
讀者服務專線｜（02）2662-0332
週一～週五：09:00～17:30
讀者服務傳真｜（02）2662-6048
客服信箱｜parenting@cw.com.tw
法律顧問｜台英國際商務法律事務所・羅明通律師
製版印刷｜中原造像股份有限公司
總經銷｜大和圖書有限公司
電話｜（02）8990-2588

出版日期｜2011年4月第一版第一次印行
2023年10月第一版第二十六次印行
定價｜250元
書號｜BCKCH017P
ISBN｜978-986-241-286-2

訂購服務
親子天下 Shopping｜shopping.parenting.com.tw
海外・大量訂購｜parenting@cw.com.tw
書香花園｜台北市建國北路二段6巷11號
電話（02）2506-1635
劃撥帳號｜50331356 親子天下股份有限公司

親子天下
有聲故事書

日本熱賣25年，狂銷3,000萬本的經典角色

讓你笑到彎腰、幽默破表的 開胃閱讀系列

怪傑佐羅力

連續五年圖書館小學生借閱率前三名

不論遇到什麼困難，佐羅力都絕對不會放棄。我認為懂得運用智慧、度過難關，這種不放棄的精神，是長大進入社會以後最重要的事。

——【怪傑佐羅力】系列作者 **原裕**（Yutaka Hara）

不靠魔法打敗哈利波特的佐羅力

日本朝日新聞社調查幼稚園~國小六年級3,583位小朋友，佐羅力打敗哈利波特，是所有小朋友心目中的最愛！

風靡所有孩子的佐羅力精神

★雖然每次的惡作劇都失敗，卻反而讓佐羅力成為樂於助人的正義之士。
★不管遇到什麼挫折，佐羅力總是抬頭挺胸向前走。
★雖然媽媽不在身邊，卻總是想著媽媽，勇敢面對挑戰，所以佐羅力永遠不會變壞。
★不只故事有趣，藏在書中各處的漫畫、謎題、發明，每次讀都有新發現。

下一本永遠更有趣，讓孩子想一直讀下去

佐羅力雖然很愛惡作劇，卻常常失敗，反而幫助了別人，真是太好笑了！

——台灣・陳稷謙・小三

【佐羅力】系列不僅字體大容易閱讀，還包含很多像漫畫般的插圖，非常適合作為孩子自己閱讀的第一本書。我的孩子是因為看了【佐羅力】，才變得能夠單獨閱讀一本書。

——日本・家長

雖然佐羅力很愛惡作劇，卻很看重朋友，一不小心還會做好事。這點讓女兒覺得很有趣，還讓她聯想到自己與朋友間的關係，甚至產生「佐羅力即使失敗，也會多方思考，絕對不放棄」這樣不怕挫折的想法。

——日本・家長

現在就和佐羅力一起出發！

為了向天國的媽媽證明，自己能夠成為頂天立地的「惡作劇之王」，佐羅力帶著小跟班伊豬豬、魯豬豬，展開充滿歡笑和淚水的修練之旅……

出版預告

2012年推出第14~19集
2013年推出第20~27集

佐羅力

為了讓在天堂的媽媽以他為榮，佐羅力立志成為「惡作劇之王」，勇敢踏上修練之旅。旅途中佐羅力喜歡打抱不平，常有驚人的創意發明，雖然每次惡作劇都以失敗收場，卻陰錯陽差解決難題，搖身變成眾人感謝的正義之士。

伊豬豬、魯豬豬

貪吃的野豬雙胞胎，哥哥伊豬豬右眼和右鼻孔比較大；弟弟魯豬豬左眼和左鼻孔比較大。兩人因為仰慕佐羅力成了小跟班，尊稱佐羅力為大師，卻總是幫倒忙，造成不可收拾的混亂，拖累佐羅力的計畫。

佐羅力的媽媽

溫柔的母親是佐羅力最念念不忘的人，但她在佐羅力小時候就已經去世。由於佐羅力個性迷糊，讓她即使在天堂，卻仍然常常來到人間，關心寶貝兒子的一舉一動，偶而還會偷偷幫助佐羅力，是一位愛子心切的好母親。

專賣店
開幕紀念福袋
福袋
●裡面有舊款的零件。裝上去之後，就可以跟朋友的小車車很不一樣唷！
刺刺輪胎
●輪胎上長著尖刺可以讓車道變得破破爛爛。
慢吞吞馬達
●換上這個馬達就會愈走愈慢。以輸為贏!!
黑輪電池
●這是用過之後還能吃的電池。
⊙巴魯商店特製的迷宮賽車道
起點
65折
2354元
怪傑佐羅力誠心推薦的商店
●要讓車子跑得快，就表示要減輕車子的重量。所以……
讓這隻鳥飛起來，車子就可以變輕了。
47折
1220元
超級巴踏巴踏賽車
一定還會再打個七折或八折。